Der Kammersänger

Frank Wedekind

Personen.

Gerardo, k.k. Kammersänger.

Frau Helene Marowa.

Professor Dühring.

Miss Isabel Cœurne.

Müller, Hotelwirt.

Ein Hoteldiener.

Ein Liftjunge.

Eine Klavierlehrerin.

Szenerie

Salonähnliches Zimmer im Hotel.

Mitteltür, Seitentüren. Links vorn ein Fenster mit schweren, geschlossenen Gardinen. Rechts ein Flügel.

Hinter dem Flügel ein japanischer Paravent, der den Kamin deckt.

Große, offene Koffer stehen umher, riesige Lorbeerkränze liegen über die Fauteuils gelehnt.

Eine Unmenge Blumenbuketts stehen im Zimmer verteilt.

Ein Stoß Buketts liegt aufeinander-geschichtet auf dem Flügel.

Rechts und links vom Zuschauer aus.

Erster Auftritt

Ein Hoteldiener, dann ein Liftjunge.

DER BEDIENTE *kommt mit einem Arm voll Kleider aus dem Nebenzimmer und packt sie in einen der großen Koffer. Da es klopft, sich aufrichtend.* Na? Herein!

EIN LIFTJUNGE. Es ist ein Frauenzimmer unten, ob der Herr Kammersänger zu Hause sei.

DER BEDIENTE. Ist nicht zu Hause.

DER LIFTJUNGE *ab.*

DER BEDIENTE *geht ins Nebenzimmer und kommt mit einem Arm voll Kleider zurück. Da es klopft, die Kleider weglegend und zur Tür gehend.* Na, wer ist denn das wieder? *Öffnet die Tür und nimmt drei oder vier große Buketts entgegen, kommt damit nach vorn und legt sie vorsichtig auf den Flügel; macht sich wieder daran, den Koffer zu packen; es klopft, er geht zur Tür und öffnet, nimmt eine Handvoll Briefe in allen Farben in Empfang, kommt damit nach vorn und mustert die Adressen.* »Mister Gerardo.« »Herrn Kammersänger.« »Monsieur Gerardo.« »Gerardo Esqu.« »Hochwohlgeboren Herrn.« Das ist das Kammermädchen! »Herrn k.k. Kammersänger.« *Legt die Briefe in eine Schale und packt weiter.*

Zweiter Auftritt

Gerardo, der Hoteldiener, später der Liftjunge.

GERARDO. Sie haben noch nicht fertig gepackt? Wie lange brauchen Sie denn zum Packen?

DER BEDIENTE. Gleich bin ich fertig, Herr Kammersänger.

GERARDO. Aber rasch. Ich habe noch zu tun. Lassen Sie sehen. *In einen der Koffer langend.* Du barmherziger Himmel! Wissen Sie nicht, wie man eine Hose zusammenlegt? *Das Kleidungsstück herausnehmend.* Nennen Sie das Packen? Sehen Sie, da können Sie noch was lernen von mir. Sie müßten das doch besser wissen als ich. So nimmt man eine Hose. Dann hakt man hier oben zu. Dann nimmt man diese beiden Knöpfe. Sehen Sie diese Knöpfe hier, auf die kommt es an; dann zieht man die Hose straff. So! So! Und dann legt man sie in zwei Teile zusammen. Sehen Sie, so! So behält die Hose ihre Fasson, und wenn sie hundert Jahr alt wird!

DER BEDIENTE *sehr ehrfurchtsvoll, mit niedergeschlagenen Augen.* Herr Kammersänger sind ja vielleicht einmal Schneider gewesen.

GERARDO. Was?! Das gerade nicht Dummkopf!! *Ihm die Hose gebend.* Da, packen Sie ein, aber etwas rasch.

DER BEDIENTE *über den Koffer gebeugt.* Es sind auch noch Briefe angekommen für Herrn Kammersänger.

GERARDO *nach rechts gehend.* Ja, ich habe sie schon gesehen.

DER BEDIENTE. Und Blumen!

GERARDO. Ja, ja. *Er nimmt die Briefe aus der Schale und wirft sich vor dem Flügel in einen Fauteuil.* Machen Sie jetzt nur um Gottes willen, daß Sie fertig werden!

Der Bediente ins Nebenzimmer ab.

GERARDO *öffnet die Briefe, durchfliegt sie mit strahlendem Lächeln, zerknittert sie und wirft sie unter den Sessel. In einem der Briefe liest er laut.* »... Ihnen, meinem Gotte gehören! Für mein ganzes Leben mich unendlich glücklich machen, wie wenig Sie das kostet! Bedenken Sie ...« *Dann für sich.* Allmächtiger Himmel! Ich soll morgen abend in Brüssel den Tristan singen und weiß nicht eine Note mehr! Nicht eine Note! *Nach der Uhr sehend.* Halb vier. Noch dreiviertel Stunden. *Da es klopft.* Herrrrrein!

DER LIFTJUNGE *einen Korb Champagner hereinschleppend.* Ich soll das dem Herrn Kammersänger ...

GERARDO. Was? Wer ist unten?

DER LIFTJUNGE. Ich solle das dem Herrn Kammersänger aufs Zimmer stellen.

GERARDO *sich erhebend.* Was hast du denn? *Ihm den Korb abnehmend.* Danke.

DER LIFTJUNGE *ab.*

GERARDO *den Korb nach vorn schleppend.* Du barmherziger Gott, was soll ich damit anfangen! *Liest die beigelegte Karte und ruft.* Georg!

DER BEDIENTE *den Arm voll Kleider, aus dem Nebenzimmer.* Es ist das letzte, Herr Kammersänger. *Verteilt es in die verschiedenen Koffer und schließt sie.*

GERARDO. Gut. Ich bin für niemanden hier!

DER BEDIENTE. Weiß ich, Herr Kammersänger.

GERARDO. Für niemanden!

DER BEDIENTE. Herr Kammersänger können ruhig sein. *Ihm die Kofferschlüssel gebend.* Die Schlüssel, Herr Kammersänger.

GERARDO *die Schlüssel einsteckend.* Für niemanden!

DER BEDIENTE. Die Koffer werden sofort heruntergetragen.

Will gehen.

GERARDO. Warten Sie ...

DER BEDIENTE *kommt zurück.* Herr Kammersänger ...

GERARDO *gibt ihm ein Trinkgeld.* Für niemanden!!

DER BEDIENTE. Danke gehorsamst. *Ab.*

Dritter Auftritt

GERARDO *allein, nach der Uhr sehend.* Ein halbe Stunde. *Sucht den Klavierauszug des* »Tristan« *unter den Blumen auf dem Piano hervor und singt auf und ab gehend mit halber Stimme.*

»Isolde! Geliebte! Bist du mein?

Hab ich dich wieder? Darf ich dich fassen?«

Räuspert sich, greift zwei Terzen auf dem Flügel und beginnt von neuem.

»Isolde! Geliebte! Bist du mein?

Hab ich dich wieder? ...«

Räuspert sich. Das ist eine infernalische Luft hier! *Singt.*

»Isolde! Geliebte!«

Mir liegt etwas wie Blei auf den Nerven! Luft! Luft! *Geht nach links und sucht an den Gardinen die Zugschnur.* Wo ist denn das? Auf der anderen Seite. Hier! *Zieht rasch die Gardinen auf und wendet, da er Miß Cœurne vor sich sieht, in einer Art gelinder Verzweiflung den Kopf zurück.* Allgütige Vorsehung!

Vierter Auftritt

Miß Cœurne. Gerardo.

MISS CŒURNE *sechzehn Jahr, in halblangem Kleid, offenem, blonden Haar, einen Strauß roter Rosen in der Hand, spricht mit englischem Akzent, Gerardo klar in die Augen sehend.* Ich bitte, schicken Sie mich nicht fort.

GERARDO. Was soll ich denn anders mit Ihnen tun? Ich habe Sie, weiß der Himmel, nicht gebeten, hierherzukommen. Sie sind ungerecht, mein Fräulein, wenn Sie mir das übelnehmen wollen, aber morgen abend muß ich singen! Ich gestehe Ihnen offen, ich glaubte diese halbe Stunde für mich zu haben. Ich habe eben noch extra den Auftrag erteilt, niemanden, wer es auch sein möge, zu mir hereinzulassen.

MISS CŒURNE *vortretend.* Schicken Sie mich nicht fort. Ich habe Sie gestern als Tannhäuser gehört, und ich bringe Ihnen nur diese Rosen.

GERARDO. Und? Na? Und?

MISS CŒURNE. Mich! Ich weiß nicht, sag ich es recht.

GERARDO *faßt die Lehne eines Sessels, nach kurzem Kampfe, den Kopf schüttelnd.* Wer sind Sie?

MISS CŒURNE. Miß Cœurne.

GERARDO. So ja.

MISS CŒURNE. Ich bin noch sehr dumm.

GERARDO. Das weiß ich. Aber kommen Sie, mein Fräulein *Sich in einen Fauteuil setzend und sie zwischen seine Knie ziehend.* , sprechen wir ein ernstes Wort, wie Sie es in Ihrem kurzen Leben noch nicht gehört haben und wie es Ihnen sehr not zu tun scheint. Ich habe deswegen, weil ich Künstler bin verstehen Sie mich bitte recht; Sie sind wie alt sind Sie?

MISS CŒURNE. Zweiundzwanzig.

GERARDO. Sie sind sechzehn, höchstens siebzehn. Sie machen sich einige Jahre älter, um begehrenswerter für mich zu erscheinen. Nun? Sie sind noch sehr dumm. Und ich habe in meiner Eigenschaft als Künstler doch wahrhaftig nicht die Pflicht, Ihnen, mein Fräulein, über Ihre Dummheit hinwegzuhelfen! Nehmen Sie mir das nicht übel. Nun? Warum starren Sie jetzt vor sich hin?

MISS CŒURNE. Ich habe gesagt, daß ich noch sehr dumm bin, weil man das hier in Deutschland bei einem jungen Mädchen hochschätzt.

GERARDO. Ich bin nicht Deutscher, mein Kind, aber trotzdem ...

MISS CŒURNE. Nun? Ich bin gar nicht so dumm.

GERARDO. Ich bin auch schließlich kein Kindermädchen! Der Ausdruck ist falsch, ich fühle es, denn Sie sind allerdings kein Kind mehr?

MISS CŒURNE. Nein! Gott sei Dank! Jetzt nicht!

GERARDO. Aber sehen Sie, mein wertes Fräulein Sie haben Lawn-Tennis-Partien, Sie haben Skating-Klubs, Sie können radfahren, Sie können mit Ihren Freundinnen Bergpartien machen, Sie können schwimmen, reiten, tanzen. Sie haben jedenfalls alles, was sich ein junges Mädchen wünschen kann. W a r u m , m e i n F r ä u l e i n , k o m m e n S i e d e n n d a n n z u m i r ? !

MISS CŒURNE. Weil mir das alles abscheulich ist und weil ich es furchtbar langweilig finde.

GERARDO. Da haben Sie recht; das will ich Ihnen gar nicht bestreiten. Ich selber, das muß ich Ihnen offen gestehen, ich kenne das Leben von einer anderen Seite. Aber, mein Kind, ich bin ein Mann und bin sechsunddreißig Jahre alt. Für Sie kommt auch die Zeit, wo Sie Anspruch auf einen höheren Lebensinhalt haben. Werden Sie zwei Jahre älter, dann findet sich gewiß jemand für Sie, und Sie brauchen sich nicht bei mir hier, bei jemandem, der Sie nicht hergebeten hat und den Sie nicht näher kennen, als wie ihn das ganze Europa kennt, hinter den Fenstervorhängen zu verbergen, um das Leben von seiner erhabenen Seite zu kosten.

MISS CŒURNE *atmet schwer.*

GERARDO. Nun? Haben Sie aufrichtigen, herzlichen Dank für Ihre Rosen! *Ihr die Hand drückend.* Wollen Sie sich für heute damit zufrieden geben?

MISS CŒURNE. Ich habe an einen Herrn noch nie gedacht, so alt ich bin, bis ich Sie gestern auf der Bühne als Tannhäuser gesehen habe. Und ich verspreche Ihnen auch ...

GERARDO. Oh, versprechen Sie mir nichts, mein Kind! Was kann mir das gelten, was Sie mir jetzt versprechen wollen? Der Nachteil wäre einzig auf Ihrer Seite. Sie sehen, ich rede mit Ihnen, wie der liebevollste Vater nicht liebevoller reden kann. Danken Sie Gott, daß Sie mit Ihrer Unbesonnenheit nicht einem andern Künstler in die Hände gefallen sind. *Drückt ihr die Hand.* Ziehen Sie für Ihr Leben eine Lehre daraus und lassen Sie sich das genügen.

MISS CŒURNE *ihr Taschentuch vor dem Gesicht, mehr für sich, aber ohne Tränen.* Bin ich so häßlich!

GERARDO. Häßlich? Häßlich sind Sie doch deswegen nicht! Sie sind jung und Sie sind unbesonnen! *Erhebt sich nervös, geht nach rechts, kommt zurück, legt den Arm um ihre Taille und ergreift ihre Hand.* Hören Sie mich, mein Kind! Sind Sie denn darum häßlich, weil ich zu singen habe, weil ich Künstler bin von Beruf! Da heißt es gleich, ich bin häßlich, ich bin häßlich; ich kann hinkommen, wo ich will! Wenn ich eben auf dem Sprung bin, abzureisen, und morgen abend den Tristan ...! Verstehen Sie mich nicht falsch, aber ich bin, weil ich singe, doch wirklich nicht verpflichtet, Ihnen Ihre Jugendfrische und Ihre Schönheit zu bestätigen. Sind Sie deswegen häßlich, mein Kind? Appellieren Sie an andere Männer, die weniger angestrengt sind! Können Sie mir zutrauen, mein Fräulein, daß ich Ihnen je in meinem Leben so etwas sagen würde!

MISS CŒURNE. Sagen, das nicht, aber denken.

GERARDO. Aber sagen Sie mir doch, bitte, das eine! Fragen Sie nicht nach meinen Gedanken Ihnen gegenüber; die kommen hier in diesem Augenblick nicht im geringsten in Betracht. Ich versichere Sie und bitte Sie, es mir auf mein Wort als Künstler zu glauben, weil ich ehrlich mit Ihnen rede: Ich bin l e i d e r ein Mensch, der kein Geschöpf auf dieser Welt, und sei es noch so armselig, l e i d e n sehen kann. *Sie musternd, aber mit Würde.* Und Sie, mein Kind, Sie tun mir aufrichtig l e i d ; ich kann Ihnen die Versicherung geben, nachdem Sie Ihre Mädchenwürde soweit niedergekämpft, um hier auf mich zu warten. Aber rechnen Sie bitte, mein Fräulein, nur mit meinen Lebensverhältnissen! Rechnen Sie einfach mit meiner Z e i t ! Es haben mich gestern wenigstens zweihundert, vielleicht dreihundert hübsche, liebenswerte, junge Mädchen in Ihrem Alter in meiner Rolle als Tannhäuser auf der Bühne gesehen. Wenn nun jedes dieser jungen Mädchen dieselben Ansprüche stellen wollte wie Sie? Was in aller Welt würde dann aus meinem Gesang? Was würde aus meiner Stimme? Wohin käme ich denn mit meiner Kunst?

MISS CŒURNE *sinkt in einen Sessel, bedeckt ihr Gesicht und weint.*

GERARDO *auf der Lehne ihres Sessels, über sie gebeugt, freundlich.* Sie versündigen sich, mein Kind, wenn Sie darüber weinen, daß Sie noch jung sind. Das ganze Leben liegt vor Ihnen. Gedulden Sie sich. Schätzen Sie sich vielmehr glücklich. Wie gerne begänne unsereiner auch wenn er als Künstler lebt, gleichviel alles das noch einmal von vorn! Seien Sie, bitte, nicht undankbar dafür, daß Sie mich gestern gehört. Erlassen Sie mir dieses t r a u r i g e N a c h s p i e l . Trage ich die Schuld daran, daß Sie sich in mich verliebt haben? Das tun alle. Dazu bin ich ja da. Mein Impresario verlangt von mir, daß ich mich dem Publikum in dieser Erhabenheit zeige. Das Singen allein tut es nicht. Als Tannhäuser kann ich nicht anders erscheinen. Seien Sie l i e b , mein Kind. Lassen Sie mir die paar Augenblicke, die ich noch habe, für morgen.

MISS CŒURNE *erhebt sich, trocknet ihre Tränen.* Ich kann es mir gar nicht denken, daß ein anderes Mädchen so würde getan haben wie ich.

GERARDO *sie gegen die Tür dirigierend.* Ganz recht, mein Kind ...

MISS CŒURNE *sich sanft sträubend, unter Schluchzen.* Wenigstens nicht wenn ...

GERARDO. Wenn mein Diener nicht unten stände!

MISS CŒURNE *wie oben.* wenn

GERARDO. Wenn das Mädchen so hübsch und jugendfrisch ist wie Sie!

MISS CŒURNE *wie oben.* wenn

GERARDO. Wenn es mich nur ein einziges Mal als Tannhäuser gehört hat!

MISS CŒURNE *mit erneutem Anfall.* Wenn es s o a n s t ä n d i g ist wie ich!

GERARDO *auf den Flügel deutend.* Dann sehen Sie sich, mein Kind, zum Abschied die Blumen an. Sei Ihnen das eine Warnung für den Fall, daß Sie sich noch einmal versucht fühlen, sich in einen Sänger zu verlieben. Sehen Sie, wie frisch das noch alles ist. Ich lasse sie verwelken, zugrunde gehen oder schenke sie dem Portier. Und sehen Sie diese Briefe. *Nimmt eine Handvoll Briefe aus der Schale.* Ich kenne keine der Schreiberinnen; seien Sie ganz außer Sorge. Ich überlasse sie ihrem Schicksal. Was will ich anderes tun! Aber, glauben Sie mir, j e d e Ihrer liebenswürdigen jungen Freundinnen ist dabei.

MISS CŒURNE *bittend.* Well, ich will mich nicht ein zweites Mal verbergen. Ich will es nicht wieder tun ...

GERARDO. Aber meine Zeit, mein Kind! Wenn ich nicht im Begriff wäre, abzureisen! Ich habe Ihnen ja schon gesagt, daß Sie mir leid tun! Aber in fünfundzwanzig Minuten geht mein Zug. Was wollen Sie denn da noch!

MISS CŒURNE. Einen Kuß.

GERARDO *sich hoch aufrichtend.* Von mir?

MISS CŒURNE. Yes.

GERARDO *sie um die Taille haltend, mit Würde, aber freundlich.* Sie entwürdigen die Kunst, mein Kind. Sind Sie wirklich der Ansicht, daß man meine Person d e s h a l b mit Gold aufwiegt? Werden Sie erst älter und lernen Sie etwas mehr Respekt vor der k e u s c h e n G ö t t i n hegen, der ich mein Leben und meine Arbeit weihe. Sie wissen gar nicht, wen ich damit meine?

MISS CŒURNE. Nein.

GERARDO. Das sehe ich. Ich will Ihnen, nur um nicht unmenschlich zu sein, mein Bild schenken. Geben Sie mir Ihr Wort, daß Sie mich dann verlassen?

MISS CŒURNE. Yes.

GERARDO. Gut. *Geht hinter den Tisch, eine seiner Photographien unterschreibend.* Versuchen Sie doch, sich für die O p e r zu interessieren, statt für die M ä n n e r , die auf der Bühne stehen. Wer weiß, vielleicht empfinden Sie doch einen höheren Genuß dabei.

MISS CŒURNE *für sich.* Ich bin noch zu jung.

GERARDO. Opfern Sie sich der M u s i k ! *Kommt nach vorn und gibt ihr die Photographie.* Sie sind noch zu jung, aber es gelingt Ihnen vielleicht doch. Sehen Sie in mir keinen berühmten Sänger, sondern das unwürdige W e r k z e u g in der Hand eines erhabenen M e i s t e r s . Blicken Sie um sich unter den verheirateten Frauen Ihrer Umgebung: Alles Wagnerianerinnen! Studieren Sie seine Texte, lernen Sie seine Leitmotive empfinden. Das schützt Sie vor Unschicklichkeiten.

MISS CŒURNE. I thank you.

GERARDO *geleitet sie hinaus und drückt beim Hinausgehen die Klingel. Er kommt zurück und nimmt den Klavierauszug zur Hand; geht nach links. Es klopft.* Herein!

Fünfter Auftritt

Gerardo. Der Hoteldiener.

DER HOTELDIENER *keuchend und atemlos eintretend.* Befehlen, Herr Kammersänger ...

GERARDO. Stehen Sie am Haustor?

DER HOTELDIENER. Augenblicklich nicht.

GERARDO. Das merk ich Dummkopf! Aber Sie lassen niemanden herauf?

DER HOTELDIENER. Es waren drei Damen da und fragten nach Herrn Kammersänger.

GERARDO. Unterstehen Sie sich nicht, eine heraufzulassen sage sie, was sie wolle!

DER HOTELDIENER. Und dann sind die Briefe gekommen.

GERARDO. Ja schon gut.

DER HOTELDIENER *legt die Briefe in die Schale.*

GERARDO. Unterstehen Sie sich nicht, eine heraufzulassen!

DER HOTELDIENER *in der Tür.* Sehr wohl, Herr Kammersänger.

GERARDO. Und wenn sie Ihnen eine lebenslängliche Leibrente dafür aussetzen will!

DER HOTELDIENER. Sehr wohl. *Ab.*

Sechster Auftritt

GERARDO *allein, versucht zu singen.*

»Isolde! Geliebte! Bist du ...«

Ich begriffe es, wenn die Frauen meiner endlich satt würden! Aber die Welt hat ihrer so viele! Und ich bin allein. Jeder trägt sein Joch und muß es tragen! *Geht ans Piano und schlägt zwei Terzen an.*

Gerardo. Professor Dühring. Dann eine Klavierlehrerin. Prof. Dühring, siebzig Jahre alt, ganz in Schwarz, langer, weißer Bart, weingerötete Adlernase, goldene Brille, Gehrock und Zylinder, eine Opernpartitur unter dem Arm, tritt ein, ohne anzuklopfen.

GERARDO *sich zurückwendend.* Was wollen Sie!!

DÜHRING. Herr Kammersänger, ich ich habe ...

GERARDO. Wie kommen Sie hier herein!

DÜHRING. Ich habe zwei Stunden unten auf dem Trottoir gelauert, Herr Kammersänger.

GERARDO *sich besinnend.* Ach, Sie sind ...

DÜHRING. Zwei volle Stunden habe ich unten auf dem Trottoir gestanden. Was soll ich anderes tun!

GERARDO. Aber liebster, bester Herr, ich habe keine Zeit.

DÜHRING. Ich will Ihnen jetzt nicht die ganze Oper durchspielen.

GERARDO. Ich habe auch gar keine Zeit mehr dazu ...

DÜHRING. Sie haben keine Zeit! Was soll ich denn sagen! Sie sind dreißig Jahre alt. Sehen Sie, Sie haben Glück gehabt in der Kunst. Sie können sich ausleben noch ein ganzes

Leben lang, das vor Ihnen liegt. Hören Sie sich nur Ihre Rolle in der Oper an. Sie haben es mir doch versprochen, als Sie herkamen.

GERARDO. Was hilft mir das! Ich bin nicht mein eigener Herr ...

DÜHRING. Ich bitte Sie, ich bitte Sie, mein Herr, ich bitte Sie! Sehen Sie, hier liegt ein Greis vor Ihnen, auf den Knien, der nichts anderes auf der Welt gekannt hat als seine Kunst. Ich weiß, was Sie mir entgegnen, als junger Mann, der wie auf Engelsschwingen emporgehoben ward. Man darf das Glück nicht suchen, wenn es einen finden soll. Glauben Sie, wenn man fünfzig Jahre lang nur e i n e n Gedanken hat, man könnte ein menschliches Mittel anzuwenden vergessen haben? Man wird ein frivoler Mensch und dann wird man wieder ein ernster Mensch; man ist Streber gewesen, man ist ein leichtherziges Kind gewesen und man wird wieder ein ernster Künstler nicht aus Ehrgeiz, nicht aus Überzeugung, sondern weil man nicht anders kann, weil man dazu verflucht und verdammt ist von einer grausamen Allmacht, der der lebenslängliche Todeskampf ihrer Kreatur ein wohlgefälliges Opfer ist! Ein wohlgefälliges Opfer, sage ich, denn unsereiner empört sich so wenig gegen sein Künstlerlos, wie ein Weiberknecht gegen seine Verführerin, wie der Hund, der die Peitsche bekommt, gegen seinen Herrn.

GERARDO *verzweifelt.* Ich bin machtlos ...

DÜHRING. Sehen Sie, mein lieber Herr, die Tyrannen des Altertums, Sie wissen, die ihre Sklaven zu ihrer Unterhaltung langsam zu Tode foltern ließen, das waren Kinder, das waren harmlose, unschuldige Engelskinder gegenüber der himmlischen Vorsehung, die diese Tyrannen zu ihrem Ebenbild hat schaffen wollen!

GERARDO. Ich begreife Sie ja vollkommen ...

DÜHRING *während ihn Gerardo mehrmals vergeblich zu unterbrechen sucht, ihm durch das Zimmer folgend und ihm wiederholt den Weg zur Tür vertretend.* Sie begreifen mich nicht. Sie können mich nicht begreifen. Wo hätten Sie denn die Zeit hernehmen wollen, um mich zu begreifen. Fünfzig Jahre fruchtloser Arbeit, mein Herr, begreifen sich nicht, wenn man ein Lieblingskind des Glückes ist wie Sie. Aber ich will Ihnen ein annäherndes Verständnis zu geben suchen. Sehen Sie, ich bin zu alt, um mir noch das Leben zu nehmen. Das tut man mit fünfundzwanzig Jahren, und da habe ich es versäumt. Ich muß jetzt zu Ende leben, ich habe die sichere Hand nicht mehr. Aber was man in meinem Alter noch tut? Sie fragen mich, wie ich hier hereingekommen. Sie haben Ihren Diener vor die Hoteltür gestellt. Ich habe nicht versucht, vorbeizuschlüpfen, ich weiß seit fünfzig Jahren, daß er mir sagt: der Herr ist nicht zu Hause. Aber ich habe zwei Stunden im Regen mit meiner Partitur hier unten an der Hausecke gestanden, bis er für einen Augenblick hinaufging. Da bin ich ihm nachgegangen, und während Sie hier drinnen mit ihm sprachen, hielt ich mich auf der Treppe verborgen w o , brauche ich Ihnen nicht zu sagen. Und dann, als er wieder hinunter war, kam ich herein. Das tut ein Mann von m e i n e m Alter gegenüber einem, der sein Enkel sein könnte. Ich bitte Sie, ich bitte Sie, mein Herr, ich bitte Sie, lassen Sie den Moment nicht fruchtlos für mich sein, wenn er Sie auch einen Tag, wenn er Sie eine ganze Woche kostet. Es handelt sich doch auch um I h r e n Vorteil. Vor acht Tagen, als Sie zu Ihrem Gastspiel hierherkamen, da versprachen Sie mir, sich die Oper von mir vorspielen zu lassen; und seither bin ich jeden Tag hiergewesen. Entweder hatten Sie Probe oder Damenbesuch. Und jetzt stehen Sie im Begriff, abzureisen, und ich alter Mann soll eine ganze Woche umsonst auf der Straße zugebracht haben! Dabei kostet es Sie ein einziges Wort: »Ich will den H e r m a n n singen.« Dann ist die Oper aufgeführt. Dann danken Sie Gott, daß ich so zudringlich war, denn Sie singen den S i e g f r i e d , Sie singen den F l o r e s t a n aber eine dankbarere Partie, gerade für Ihre Mittel dankbarer als den H e r m a n n haben Sie nicht auf Ihrem Repertoir. Mich zieht man dann mit Geschrei aus dem Dunkel hervor, und ich habe vielleicht noch Gelegenheit, der Welt einen Teil dessen zu geben, was ich ihr hätte geben können, wenn sie mich nicht wie einen Aussätzigen von sich gestoßen hätte. Aber der große materielle Ertrag meines Ringens, der fällt doch nur Ihnen ...

GERARDO *hat sich schließlich an den Kamin gelehnt und scheint, während er mit der Rechten auf der Marmorplatte trommelt, etwas hinter dem Paravent zu bemerken. Nachdem er sich neugierig orientiert, reckt er plötzlich die Hand aus und zieht eine Klavierlehrerin in grauer Toilette hervor, die er, mit vorgestreckter Faust am Kragen haltend, vor dem Flügel durch zur Mitteltür führt. Nachdem er die Tür hinter ihr geschlossen, zu Dühring.* Bitte, sprechen Sie ruhig weiter!

DÜHRING. Sehen Sie, es werden alljährlich zehn schlechte Novitäten aufgeführt, die nach der zweiten Vorstellung unmöglich geworden sind, und alle zehn Jahre einmal eine gute, die sich hält. Und diese O p e r i s t gut, sie i s t bühnenfähig, sie i s t ein Kassenerfolg. Wenn Sie wollen, ich kann Ihnen Briefe zeigen, von Liszt, von Wagner, von Rubinstein, in denen diese Männer wie zu einem höheren Wesen zu mir aufblicken. Und warum ist sie bis heute nicht aufgeführt worden? Weil ich nicht auf dem M a r k t e stehe. Ich sage Ihnen, das ist wie bei einem jungen Mädchen, das drei Jahre auf Tanzkränzchen brilliert und sich dabei zu verloben vergißt. Es kommt eine andere Generation. Und Sie kennen ja unsere N a t i o n a l - T h e a t e r . Das sind Festungswerke, kann ich Ihnen sagen, gegen welche die Bepanzerungen von Metz und Rastatt Botanisierbüchsen sind. Lieber graben sie zehn Leichen aus, als daß sie einen Lebendigen einlassen. Und diese Festungsmauern sind es, über die Sie mir die Hand reichen sollen. Sie sind drinnen mit dreißig Jahren, und ich alter Mann stehe draußen. Sie kostet mein Einlaß ein Wort, und ich kann mir umsonst meinen eisgrauen Schädel einrennen. Deshalb bin ich hier *Sehr leidenschaftlich.* und wenn Sie kein völliger Unmensch sind, wenn das Glück nicht die letzte Spur künstlerischen Mitempfindens in Ihnen ertötet hat, dann können Sie mich nicht unerhört lassen.

GERARDO. Ich werde Ihnen in acht Tagen Bescheid sagen. Ich werde Ihre Oper durchspielen. Geben Sie sie mir mit.

DÜHRING. Dazu bin ich zu alt, Herr Kammersänger. In acht Tagen, nach Ihrer Zeitrechnung, liege ich längst unter dem Boden. Das habe ich zu oft erlebt. *Mit der Faust auf den Flügel schlagend.* Hic Rhodus, hic salta! Sehen Sie, vor fünf Jahren wende ich mich an unseren Intendanten, den Grafen Zedlitz. Was bringen Sie mir, mein liebster, bester Herr Professor? Eine Oper, Exzellenz. So, Sie haben eine neue Oper geschrieben. Das ist ja prächtig. Exzellenz, ich habe keine neue Oper geschrieben. Ich habe eine alte Oper geschrieben. Ich habe die Oper vor dreizehn Jahren geschrieben. Es war nicht diese hier, es war meine »Maria de' Medici«. Aber warum bringen Sie sie uns denn nicht her? Wir suchen ja was Neues. Wir können uns ja mit dem Alten nicht länger durchschwindeln. Mein Sekretär reist an allen Bühnen herum, ohne daß er was findet, und Sie, der Sie hier leben, Sie entziehen uns Ihre Produktion in vornehmer Weltverachtung! Exzellenz, sage ich, ich entziehe niemandem etwas, der Himmel ist mein Zeuge. Ich habe die Oper vor dreizehn Jahren Ihrem Vorgänger, dem Grafen Tornow, eingereicht und mußte sie nach drei Jahren selber wieder von der Intendanz abholen, ohne daß jemand einen Blick hineingetan hätte. Aber so lassen Sie sie uns doch hier, bester Herr Professor. In acht Tagen spätestens haben Sie Bescheid. Und dabei nimmt er mir meine Partitur unter dem Arm weg und feuert sie schrumm! unten in die unterste Tischlade hinein, und da liegt sie noch heute! Da liegt sie noch heute, mein Herr! Ich weißhaariges Kind sage noch zu Hause zu meiner Grete: Man braucht eine neue Oper hier am Theater. Ich bin schon so gut wie aufgeführt! Ein Jahr vergeht und sie stirbt mir weg die einzige, die noch ihre Entstehungszeit miterlebt hatte. *Schluchzt und trocknet seine Tränen.*

GERARDO. Ich muß das lebhafteste Bedauern mit Ihnen haben, aber ...

DÜHRING. Da liegt sie noch heute!

GERARDO. Vielleicht sind Sie wirklich das Kind in weißen Haaren. Ich zweifle in der Tat daran, daß ich Ihnen helfen kann.

DÜHRING *in höchster Wut.* Aber Sie können einen Greis wie mich auf demselben Pfad, auf dem Sie Ihren Siegesflug zur Sonne tun, neben sich herächzen sehen! Morgen vielleicht liegen S i e vor m i r auf den Knien und rühmen sich, mich zu k e n n e n , und heute ist Ihnen des schaffenden Künstlers qualvolles Röcheln ein t r a u r i g e r I r r t u m , und Sie können Ihrer G o l d g i e r nicht die halbe Stunde abknausern, die es bedürfte, um mich meiner K e t t e n l a s t zu entledigen!

GERARDO. Spielen Sie bitte, mein Herr! Kommen Sie!

DÜHRING *setzt sich an den Flügel, öffnet seine Partitur und schlägt zwei Akkorde an.* Nein, so heißt es nicht. Ich kann es nicht mehr recht lesen. *Schlägt drei Akkorde an, dann weiterblätternd.* Das ist die Ouvertüre; ich will Sie nicht damit aufhalten. Hier, sehen Sie, erste Szene ... *Schlägt zwei Akkorde an.* Hier stehen Sie am Totenbett Ihres Vaters! Einen Augenblick; ich muß mich erst zurechtfinden ...

GERARDO. Vielleicht haben Sie auch vollkommen recht. Auf jeden Fall täuschen Sie sich über meine Stellung.

DÜHRING *spielt eine wirre Orchestration und singt dazu mit tiefer schnarrender Stimme.*

Der Tod, der Tod, auch hier im Schlosse,

Wie er in unseren Hütten hauset!

So mäht er groß wie klein ...

Sich unterbrechend. Nein, das ist der Chor. Ich wollte Ihnen den nur vorspielen, weil er sehr gut ist. Jetzt kommen S i e . *Setzt mit der Begleitung wieder ein und singt krächzend.*

Was ich gelebt bis zu dieser Stunde,

War Morgengrauen. Von tückischen Geistern

Aufs Blut gefoltert, irrt ich umher.

Mein Aug ist tränenleer!

Laß mich nur einmal noch die weißen Haare küssen ...

Sich unterbrechend. Nun?! *Da Gerardo nicht antwortet, in wilder Gereiztheit.* Diese blutarmen, fadenscheinigen O c h s g e n i e s, die sich heute breitmachen! Die vor lauter sublimer Technik mit zwanzig Jahren steril, impotent geworden! M e i s t e r s i n g e r, P h i l i s t e r s e e l e n, ob im Elend oder in Amt und Würden! Stillen den Hunger aus dem K o c h b u c h statt aus der Natur! Haben es ihr glücklich abgelauscht N a i v i t ä t! Ha, ha! Schmeckt wie plattiertes Messingbesteck! Fangen damit an, K u n s t zu machen statt L e b e n! Musizieren für Künstler statt für hungrige Menschen! Blinde, beschränkte Eintagsfliegen! Jugendliche Greise, denen die Sonne W a g n e r s das Mark aus den Knochen gesogen hat! *Ihn heftig am Arm packend.* Wenn ich einen Künstler vor mir habe, wissen Sie, wohin ich ihm dann zuerst greife?

GERARDO *weicht ängstlich zurück.* Na?

DÜHRING *sich mit der rechten Hand am Handgelenk der Linken den Puls fühlend.* Dann greife ich ihm vor allem h i e r h e r! Sehen Sie, h i e r h e r! Und wenn er h i e r nichts hat bitte, hören Sie weiter. *Blätternd.* Ich will Ihnen den Monolog nicht fertig spielen. Wir haben ja doch keine Zeit. Hier, Szene drei, Schluß des ersten Aktes. Da kommt das Tagelöhnerkind, das mit Ihnen auf dem Schlosse aufgewachsen, plötzlich zu Ihnen herein. Hören Sie nachdem Sie von Ihrer hochgeehrten Frau Mutter schon Abschied genommen haben. *In der Partitur rasch überlesend.* Dämon, wer bist du? Darf man herein? *Zu Gerardo.* Das sagt sie! *Liest weiter.* Bärbel! Ja, ich bin's. Dein Vater ist gestorben? Dort liegt er. *Spielt und singt in der höchsten Fistel.*

Hat mir gar oft meine Locken gestreichelt,

Wo er mich sah, war er freundlich zu mir.

O weh, das ist der Tod,

Die Augen sind geschlossen ...

Sich unterbrechend, Gerardo groß ansehend. Ist das Musik??

GERARDO. Möglich!

DÜHRING *zwei Akkorde anschlagend.* Ist das nicht mehr als der »Trompeter von Säckingen«?

GERARDO. Ihr Vertrauen zwingt mich, aufrichtig zu sein. Ich kann mir nicht vorstellen, wie meine Verwendung für Sie von Vorteil sein sollte.

DÜHRING. Sie wollen mit andern Worten damit sagen, daß es veraltete Musik ist.

GERARDO. Im Gegenteil! Ich möchte weit eher sagen, daß es m o d e r n e Musik ist.

DÜHRING. Oder daß es moderne Musik ist. Verzeihen Sie gütigst, Herr Kammersänger, daß ich mich versprochen habe. Das kann einem in meinem Alter schon passieren. Der eine Intendant schreibt: Wir können die Oper nicht geben, es ist veraltete Musik und der andere schreibt: Wir können sie nicht geben, es ist moderne Musik. Auf deutsch heißt das beides dasselbe: Wir wollen keine Oper von Ihnen, weil Sie als Komponist n i c h t   i n   F r a g e k o m m e n.

GERARDO. Ich bin Wagnersänger, mein Herr; ich bin nicht Kritiker. Wenn Sie aufgeführt werden wollen, dann wenden Sie sich wohl am besten an diejenigen Herrschaften, die dafür bezahlt werden, daß Sie wissen, was gut und was schlecht ist. Von meinem U r t e i l in diesen Dingen hält man ebensowenig, davon können Sie fest überzeugt sein, wie man mich als Sänger würdigt und hochschätzt.

DÜHRING. Mein lieber Herr Kammersänger, Sie dürfen mir getrost glauben, daß i c h auch nichts von Ihrem Urteil halte. Was kümmert mich Ihr Urteil! Ich kenne doch die Tenoristen. Ich spiele Ihnen die Oper hier vor, damit Sie sagen: Ich will den H e r m a n n singen! Ich will den H e r m a n n singen!

GERARDO. Das hilft Ihnen nichts. Ich muß tun, was man von mir verlangt; dazu bin ich kontraktlich verpflichtet. Sie können eine Woche lang unten auf der Straße stehen. Auf einen Tag mehr oder weniger braucht es Ihnen dabei nicht anzukommen. Wenn ich mit dem nächsten Zuge nicht reise, dann bin ich für diese Welt ruiniert. Vielleicht, daß man in einer anderen Welt k o n t r a k t b r ü c h i g e Sänger engagiert! Meine Ketten sind enger bemessen als das Geschirr, in dem ein Equipagenpferd geht. Ich habe für den Fremdesten, der mich um materielle Hilfe angeht, eine offene Hand, obschon das, was ich meinem Beruf an L e b e n s g l ü c k opfere, mit fünfmalhunderttausend Francs im Jahr nicht bezahlt ist. Aber verlangen Sie die kleinste Äußerung persönlicher F r e i h e i t von mir, so ist das von einem Sklaven, wie ich es bin, zu viel verlangt. Ich k a n n Ihren Hermann nicht singen, solange Sie als Komponist nicht in Frage kommen.

DÜHRING. Hören Sie, bitte, weiter. Es wird Ihnen die Lust dazu kommen.

GERARDO *knöpft sich den Rock zu.* Wenn Sie wüßten, zu wie vielem mir die L u s t kommt, was ich mir v e r s a g e n muß, und wie vieles ich auf mich nehmen muß, wozu ich nicht die geringste Lust habe! Es gibt für mich gar nichts anderes als diese zwei Eventualitäten. Sie waren Ihrer Lebtag ein freier Mann. Wie können Sie sich darüber beklagen, daß Sie nicht auf dem Markte stehen? Warum g e h e n Sie nicht auf den Markt?

DÜHRING. Der Schacher das Geschrei die Gemeinheit ich habe es hundertmal versucht.

GERARDO. Man muß das tun, was man k a n n , und nicht das, was man n i c h t kann.

DÜHRING. Es will alles gelernt sein.

GERARDO. Man muß das lernen, was man lernen kann. Wer bürgt mir dafür, daß es sich mit Ihren Kompositionen nicht ebenso verhält!

DÜHRING. Ich b i n Komponist, Herr Kammersänger!

GERARDO. Sie wollen damit sagen, daß Sie Ihre ganze geistige Kraft darauf verwendet haben, um Ihre Opern zu schreiben.

DÜHRING. Ganz recht.

GERARDO. Und es blieb Ihnen natürlich nichts mehr übrig, um Ihre A u f f ü h r u n g e n zustande zu bringen.

DÜHRING. Ganz recht.

GERARDO. Die Komponisten, die ich kenne, machen es umgekehrt. Die Opern schreiben sie herunter, und ihre geistigen Kräfte bewahren sie sich, um die Aufführungen zustande zu bringen.

DÜHRING. Das sind Künstler, die ich nicht beneide.

GERARDO. Das beruht auf Gegenseitigkeit, mein Herr. Diese Leute kommen i n B e t r a c h t . Irgend etwas muß man sein. Nennen Sie mir doch einen berühmten Mann, der n i c h t in Betracht gekommen wäre! Wenn man nicht Komponist ist, dann ist man eben etwas anderes und braucht deswegen noch nicht unglücklich zu sein. Ich war, bevor ich Wagnersänger wurde, auch etwas anderes, worin mir niemand meine Tüchtigkeit bemängeln durfte und womit ich vollkommen zufrieden war. Das hängt nicht von u n s ab, wofür wir in dieser Welt bestimmt sind. Da könnte jeder kommen! Wissen Sie, was ich war, bevor man mich entdeckte? Ich war Tapeziergehilfe. Sie wissen, was das ist? *Geste.* Ich klebte die Tapeten an die Wände mit Kleister. Ich mache vor niemandem ein Geheimnis aus meiner niedrigen Herkunft. Nun denken Sie sich einmal, wenn ich mir nun als Tapeziergehilfe hätte in den Kopf setzen wollen, durchaus Wagnersänger zu werden! Wissen Sie, was man mit mir getan hätte?

DÜHRING. Man hätte Sie ins Irrenhaus gesteckt.

GERARDO. Und mit vollem Recht. Wer sich nicht mit dem begnügt, was er ist, der bringt es seiner Lebtag zu nichts. Ein gesunder Mensch tut das, worin er G l ü c k hat; hat er Unglück, dann wählt er einen anderen Beruf. Sie führen das Urteil Ihrer Freunde an. Es ist nicht schwer, Anerkennungen zu erhalten, die demjenigen, der sie ausstellt, nichts kosten. Ich bin seit meinem fünfzehnten Jahre für jede Arbeit b e z a h l t worden und hätte es mir zur Schande angerechnet, wenn ich irgend etwas u m s o n s t hätte tun müssen. Fünfzig Jahre fruchtlosen Ringens! Das müßte doch den Starrköpfigsten von der Unmöglichkeit seiner Träume überzeugen. Was haben Sie denn dann von Ihrem Leben genossen? Sie haben es sündhaft vergeudet! Ich habe n i e etwas Außergewöhnliches angestrebt; aber das e i n e kann ich Ihnen versichern, mein Herr, daß ich seit meiner frühesten Kindheit nicht soviel Zeit übrig gehabt habe, um acht Tage auf der Straße zu stehen. Und wenn ich denke, daß ich als alter Mann dazu gezwungen sein sollte ich spreche nur für meine Person aber ich kann mir nicht vorstellen, wo ich dann den Mut hernehmen wollte, jemandem unter die Augen zu treten.

DÜHRING. Mit einer solchen O p e r in der Hand! Ich tue es ja nicht für mich, ich tue es für meine K u n s t .

GERARDO *hohnlachend.* Sie überschätzen die Kunst, mein verehrter Herr! Lassen Sie sich von mir sagen, daß die Kunst ganz etwas anderes ist, als was man sich in den Zeitungen darüber weismacht.

DÜHRING. Sie ist mir das H ö c h s t e auf Erden!

GERARDO. Die Ansicht besteht nur bei Leuten wie S i e , die ein Interesse daran haben, diese Ansicht zur Geltung zu bringen. Sonst glaubt Ihnen kein Mensch daran! Wir Künstler sind ein L u x u s a r t i k e l der Bourgeoisie, zu dessen Bezahlung man sich gegenseitig überbietet. Wenn S i e recht hätten, wie wäre denn dann zum Beispiel eine Oper wie die »W a l k ü r e « möglich, die sich um Dinge dreht, deren Bloßstellung dem Publikum in tiefster Seele zuwider ist. Singe ich aber den S i e g m u n d , dann führen die besorgtesten Mütter ihre dreizehn- und vierzehnjährigen Töchterchen hinein. Und ich auf der Bühne habe auch die absolute Gewißheit, daß nicht ein Mensch im Zuschauerraum mehr auf das achtet, was bei uns oben gespielt wird. Wenn die Menschen darauf achteten, würden sie hinauslaufen. Das haben sie getan, solange die Oper neu war. Jetzt haben sie sich daran gewöhnt, es zu i g n o r i e r e n . Sie bemerken es so wenig, wie sie die L u f t bemerken, die sie von der Bühne trennt. D a s , s e h e n S i e , i s t d i e B e d e u t u n g d e s s e n , w a s S i e K u n s t n e n n e n ! Dem haben Sie fünfzig Jahre Ihres Lebens geopfert! Wir Künstler hingegen haben die Aufgabe, uns Abend für Abend dem zahlenden Publikum unter diesem oder jenem Vorwand zu produzieren. Das Interesse klammert sich an unser Privatleben ebenso krampfhaft, wie an unser Auftreten. M a n g e h ö r t m i t j e d e m A t e m z u g e d e m P u b l i k u m ; und weil wir uns für Geld dazu hergeben, weiß man nie, ob man uns höher vergöttern oder tiefer verachten soll. Erkundigen Sie sich, wie viele gestern im Theater waren, um mich s i n g e n zu hören, und wie viele, um mich a n z u g a f f e n , wie sie den Kaiser von China angaffen würden, wenn er morgen hierher käme. Wissen Sie, was die künstlerischen Bedürfnisse des Publikums sind? Bravo zu rufen, Blumen und Kränze zu werfen, Unterhaltungsstoff zu haben, sich sehen zu lassen, ah und oh zu sagen, auch mal Pferde auszuspannen das sind die reellen Bedürfnisse, die i c h befriedige. Wenn man mich mit einer halben Million bezahlt, so setze ich dafür eine Legion von Droschkenkutschern, von Schriftstellern, von Putzmacherinnen, von Blumenzüchtern, von Bierwirten in Brot. Das Geld kommt in Umlauf. Das Blut kommt in Umlauf. Die jungen Mädchen verloben sich, die alten Jungfern verheiraten sich, die Gattinnen fallen dem Hausfreund zum Opfer, und die Großmütter bekommen eine Unmenge Stoff zum klatschen. Unglücksfälle und Verbrechen geschehen. An der Kasse wird ein Kind totgetreten, einer Dame wird das Portemonnaie gestohlen, ein Herr im Theater wird vom Wahnsinn befallen. Dadurch verdienen die Ärzte, die Advokaten ... *Bekommt einen Hustenanfall.* Und dabei soll ich morgen in Brüssel den »Tristan« singen! Ich erzähle Ihnen das alles nicht aus Eitelkeit, sondern um Sie von Ihrem Wahn zu heilen. Der Maßstab für die Bedeutung eines Menschen ist die W e l t und nicht die innere Überzeugung, die man sich durch jahrelanges Hinbrüten aneignet. Ich habe mich auch nicht auf den Markt gestellt; man hat mich entdeckt. E s g i b t k e i n e v e r k a n n t e n G e n i e s. Wir sind nun einmal nicht die Herren unseres Geschickes; d e r M e n s c h i s t z u m S k l a v e n g e b o r e n!

DÜHRING *der in seiner Partitur geblättert hat.* Hören Sie sich bitte noch die erste Szene vom zweiten Akt an. Eine Parklandschaft, wissen Sie, wie auf dem berühmten Bild: Embarquement pour Cythère ...

GERARDO. Aber ich sage Ihnen ja, daß ich k e i n e Z e i t habe! Und was soll ich denn aus diesen paar abgerissenen Szenen ersehen?

DÜHRING *langsam seine Partitur zusammenpackend.* Sie beurteilen mich doch wohl nicht ganz richtig, mein Herr. So unbekannt wie Ihnen bin ich doch der übrigen Welt nicht. Man kennt und nennt mich. Sie finden mich auch oft genug von W a g n e r selber in seinen Schriften erwähnt. Und, sehen Sie, wenn ich heute sterbe, werde ich morgen aufgeführt. Das ist so sicher, wie meine Musik ihren Wert behalten wird. Mein Berliner Verleger schreibt mir auch jeden Tag: Warum sterben Sie denn nun nicht endlich mal!

GERARDO. Ich kann Ihnen nur das eine sagen, daß seit W a g n e r s Tod noch nirgends ein Bedürfnis nach neuen Opern besteht. Mit neuer Musik haben Sie von vornherein sämtliche Kunstinstitute, sämtliche Künstler und das gesamte Publikum zu F e i n d e n. Wenn Sie an die Bühne gelangen wollen, dann schreiben Sie eine Musik, die der heutigen zum Verwechseln ähnlich sieht; kopieren Sie einfach; stehlen Sie Ihre Oper aus allen Wagnerschen Opern zusammen. Dann können Sie mit ziemlicher Wahrscheinlichkeit darauf rechnen, daß Sie aufgeführt werden. Mein Bombenerfolg von gestern beweist Ihnen, daß die alte Musik noch auf Jahre hinaus vorhält. Und darin denke ich nicht anders als jeder andere Künstler, als jeder Intendant und als das gesamte zahlende Publikum: Warum soll ich mir unnötigerweise Ihre neue Musik einprügeln lassen, nachdem mich die alte s o u n m e n s c h l i c h e P r ü g e l gekostet hat?!

DÜHRING *reicht ihm seine zitternde Hand.* Ich fürchte nur, daß ich zu alt dazu bin, um noch s t e h l e n zu lernen. Mit so was muß man als junger Mann anfangen, sonst lernt man es nie.

GERARDO. Seien Sie nicht beleidigt. Aber mein verehrter Herr wenn ich Ihnen der Gedanke, daß Sie mit dem Leben zu kämpfen haben *Sehr rasch.* Ich habe nämlich aus Zufall fünfhundert Mark zuviel bekommen ...

DÜHRING *der ihn groß angesehen hat, sich plötzlich zur Tür wendend.* Nein, nein, ich bitte, nein. Sprechen Sie das nicht aus. Nein, nein, nein! Dazu bin ich nicht hergekommen. Nein, nein! Wissen Sie, es hat mal ein großer Weiser gesagt: G u t m ü t i g s i n d s i e a l l e ! Nein, Herr Kammersänger ich habe Ihnen die Oper da nicht vorspielen wollen, um eine Erpressung zu üben. Dazu ist mir mein Kind zu lieb. Nein, Herr Kammersänger ... *Durch die Mitte ab.*

GERARDO *der ihn zur Tür geleitet.* O bitte. War mir sehr angenehm.

Achter Auftritt

GERARDO *allein, kommt zurück und sinkt, dem Champagnerkorb gegenüber, in einen Sessel, die Champagnerflaschen betrachtend.* Für wen raffe ich all das Geld zusammen? Für meine Kinder? Wenn ich Kinder hätte! Für meine alten Tage? Wenn ich in zwei Jahren nicht aufgebraucht bin! Dann heißt es:

»Denn ach, denn ach,

Vergessen ist das Steckenpferd!«

Neunter Auftritt

Gerardo, Helene Marowa, dann der Hoteldiener.

HELENE *blendende Schönheit, zwanzig Jahre, Straßentoilette, Muff; sehr erregt.* Ich werde mir von dem Menschen den Weg vertreten lassen! Er steht wohl unten, damit ich nicht zu dir kann?!

GERARDO *ist aufgesprungen.* Helene!

HELENE. Du wußtest ja, daß ich noch kommen werde!

DER HOTELDIENER *in der offengebliebenen Tür, sich die Backe haltend.* Ich habe getan, was ich konnte, Herr Kammersänger, aber die Dame hat mich ...

HELENE. Geohrfeigt!

GERARDO. Helene!

HELENE. Ich soll mich wohl insultieren lassen?!

GERARDO *zum Hoteldiener.* Gehen Sie.

Der Hoteldiener ab.

HELENE *legt ihren Muff in den Polstersessel.* Ich kann nicht mehr ohne dich leben. Entweder nimmst du mich mit oder ich gehe in den Tod.

GERARDO. Helene!

HELENE. Ich gehe in den Tod! Du zerschneidest mir die Lebensnerven, wenn du dich von mir trennst. Ich bin ohne Hirn und Herz. Einen Tag wie gestern, einen ganzen Tag, ohne dich zu sehen, das überlebe ich nicht mehr. Dazu bin ich nicht stark genug. Ich bitte dich, Oskar, nimm mich mit! Ich bitte dich um mein Leben!

GERARDO. Ich kann nicht.

HELENE. Du kannst, was du willst! Wie wolltest du das nicht können! Du kannst dich nicht von mir trennen, ohne mich zu töten. Das sind keine Worte; ich drohe dir damit nicht; es ist so! Ich weiß es so bestimmt, wie ich mein Herz hier fühle: Ich bin tot, wenn ich dich nicht mehr habe. Deshalb nimm mich mit! Es ist deine Menschenpflicht! Sei es nur auf kurze Zeit.

GERARDO. Ich gebe dir mein Ehrenwort, Helene, ich kann es nicht. Ich gebe dir mein Ehrenwort darauf.

HELENE. Du mußt es tun, Oskar! Ob du es kannst oder nicht, du mußt die Folgen deiner Handlungen tragen. Ich hänge an meinem Leben, und du und mein Leben sind eins. Nimm mich mit, Oskar! Nimm mich mit, wenn du mein Blut nicht vergießen willst!

GERARDO. Erinnerst du dich an das, was ich dir am ersten Tage in diesen vier Wänden sagte?!

HELENE. Ja, ja! Was hilft mir das?

GERARDO. Daß von Gefühlen zwischen uns nicht die Rede sein kann?

HELENE. Was hilft mir das! Kannte ich dich denn?! Ich habe ja nicht gewußt, was ein Mann sein kann, ehe ich dich kannte! Du hast es gewußt, daß es so kommen werde! Du hättest mir sonst vorher das Versprechen nicht abgenommen, dir keine Abschiedsszene zu machen. Und was hätte ich dir denn nicht versprochen, wenn du es verlangt hättest! Mein Versprechen bringt mich um. Du hast mich um mein Leben betrogen, wenn du mich zurückläßt!

GERARDO. Ich kann dich nicht mitnehmen!

HELENE. O Gott, das wußte ich im voraus, daß du das sagen wirst. Das wußte ich ja, als ich hierherkam. Das ist so selbstverständlich! Das sagst du jeder. Und was bin ich Besseres! Ich bin eine von Hunderten. Ich bin ein Weib, wie es Millionen gibt. Das weiß ich ja alles. Aber ich bin krank, Oskar! Ich bin krank auf den Tod! Ich bin liebeskrank! Ich bin dem Tode näher als dem Leben! Das ist dein Werk, und du kannst mich retten, ohne ein Opfer zu bringen, ohne dir etwas aufzubürden. Warum kannst du es nicht!

GERARDO *jedes Wort betonend.* Weil mein Kontrakt mich verpflichtet, mich weder zu verheiraten, noch in Begleitung von Damen zu reisen.

HELENE *perplex.* Wer kann dir das verbieten!

GERARDO. Mein Kontrakt.

HELENE. Du darfst ...?

GERARDO. Ich darf mich nicht verheiraten, bevor seine Gültigkeit abgelaufen ist.

HELENE. Und darfst ...?

GERARDO. Und darf nicht in Begleitung von Damen reisen.

HELENE. Das ist mir unverständlich. Wen auf der Welt kann das kümmern?

GERARDO. Meinen Unternehmer.

HELENE. Deinen Unternehmer? Was kommt denn für d e n dabei in Frage?

GERARDO. Sein Geschäft.

HELENE. Weil es vielleicht deine Stimme beeinflussen könnte?

GERARDO. Ja.

HELENE. Das ist doch kindisch! Beeinflußt es denn deine Stimme?

GERARDO. Nein.

HELENE. Glaubt denn dein Unternehmer an diesen Unsinn?

GERARDO. Nein, er glaubt nicht daran.

HELENE. Das ist mir unverständlich. Ich begreife nicht, wie ein anständiger Mensch einen solchen Kontrakt unterschreiben kann!

GERARDO. Ich bin in erster Linie Künstler und dann bin ich Mensch!

HELENE. Ja, das bist du. Ein g r o ß e r Künstler! Ein e m i n e n t e r Künstler! Begreifst du denn nicht, w i e ich dich lieben muß! Ist denn das das einzige, was du kluger Mensch nicht begreifen kannst! Alles, was mich jetzt dir gegenüber verachtenswert erscheinen läßt, entspringt doch nur der Tatsache, daß ich in dir den einzigen mir ü b e r l e g e n e n Menschen sehe, den ich bis jetzt gefunden, und dem zu gefallen mein einziges Trachten war. Ich habe die Zähne zusammengebissen, um dich nicht merken zu lassen, w a s du für mich bist, aus Angst, dir langweilig zu werden. Aber der gestrige Tag hat mich in einen Seelenzustand versetzt, den kein Weib erträgt. Wenn ich dich nicht so wahnsinnig liebte, Oskar, du würdest mehr von mir halten. Das ist das Furchtbare an dir, daß du das Weib, das eine Welt in dir schätzt, verachten mußt! Ich bin mir nichts mehr, nichts als ein l e e r e s Nichts. Und jetzt, nachdem deine Leidenschaft mich ausgeglüht hat, willst du mich hierlassen! Du nimmst mein Leben mit, Oskar! Nimm dies Fleisch und Blut, das dir gehört hat, auch noch mit, wenn es nicht umkommen soll!

GERARDO. Helene ...!

HELENE. Kontrakte! Was sind dir Kontrakte! Gibt es denn einen Kontrakt, der sich nicht u m g e h e n läßt! Wozu macht man denn Kontrakte! Gebrauch deinen Kontrakt nicht als Waffe, um mich zu morden! Ich glaube an keine Kontrakte! Laß mich mit dir gehen, Oskar! Du wirst sehen, ob er ein Wort von Kontraktbruch sagt. Er wird es nicht tun, ich kenne die Menschen. Und sagt er etwas, dann ist es immer noch Zeit für mich zu sterben.

GERARDO. Wir haben aber kein Recht aufeinander, Helene! Es steht dir so wenig frei, mir zu folgen, wie es mir freisteht, eine derartige Verantwortlichkeit auf mich zu nehmen. Ich gehöre nicht mir selber; ich gehöre meiner K u n s t ...

HELENE. Laß mich mit deiner K u n s t in Ruhe! Was kümmert mich deine K u n s t ! Ich habe mich an deine Kunst geklammert, um von dir beachtet zu werden. Hat der Himmel einen Menschen wie du geschaffen, damit er sich allabendlich zum Hanswurst macht! Schämst du dich nicht, damit noch zu prahlen! Du siehst, daß ich mich darüber hinwegsetze, daß du Künstler bist. Worüber sieht man bei einem Halbgott, wie du es bist, nicht hinweg! Und wenn du ein Sträfling wärest, Oskar, ich könnte nicht anders fühlen! Ich habe ja keine Gewalt mehr über mich! Ich läge vor dir h i e r im Staube, wie ich hier liege! Ich würde deine Barmherzigkeit erflehen, wie ich es jetzt tue! Ich wäre an dich verloren, wie ich an dich verloren bin! Ich hätte den Tod vor Augen, wie ich ihn vor Augen habe!

GERARDO lachend. Du, Helene, den Tod vor Augen! Frauen, die so reich wie du für den Genuß des Lebens begabt sind, bringen sich nicht um. Du kennst den Wert des Daseins besser als ich. Du bist glücklich genug organisiert, um das Leben nicht wegzuwerfen. Das tun andere Halbmenschen, Zwerggeschöpfe die die Natur wie Stiefkinder bedacht hat.

HELENE. Oskar ich habe ja nicht gesagt, daß ich mich erschießen werde! Wann habe ich das gesagt? Wo sollte ich denn den Mut dazu hernehmen! Ich sage, ich werde s t e r b e n , wenn du mich nicht mitnimmst, sterben, wie man an jeder Krankheit stirbt, weil ich nur lebe, wenn ich bei dir bin! Ich kann ohne alles leben ohne Heim, ohne Kinder, aber nicht ohne d i c h , Oskar! Ich kann nicht ohne d i c h leben!

GERARDO *beklommen.* Helene wenn du dich jetzt nicht beruhigen kannst! Du setzt mich einer furchtbaren Notwendigkeit aus! Ich habe noch zehn Minuten. Ich kann die Szene, die du mir hier machst, nicht als eine Force majeure ins Feld führen! Ich kann mich mit deiner Aufregung vor keinem Richter rechtfertigen. Ich kann dir noch zehn Minuten widmen! Wenn du dich derweil nicht beruhigst, Helene ich kann dich in dem Zustand nicht d i r s e l b e r ü b e r l a s s e n !

HELENE. Soll mich die ganze Welt hier liegen sehen!!

GERARDO. Bedenke, was du damit aufs Spiel setzt!

HELENE. Als hätte ich noch etwas aufs Spiel zu setzen!!

GERARDO. Du kannst deine gesellschaftliche Stellung dabei verlieren!

HELENE. D i c h kann ich verlieren!!

GERARDO. Und deine Angehörigen?

HELENE. Ich k a n n keinem andern mehr angehören als dir!

GERARDO. Ich gehöre dir aber nicht!

HELENE. Ich habe nichts mehr zu verlieren als mein Leben!

GERARDO. Und deine K i n d e r ?!

HELENE *emporfahrend.* Wer hat mich ihnen geraubt, Oskar! Wer hat mich meinen Kindern geraubt!

GERARDO. Habe ich mich dir angetragen?!

HELENE *in höchster Leidenschaftlichkeit.* Nein, nein! Glaub das nicht! Ich habe mich dir an den Hals geworfen und würde mich dir heute wieder an den Hals werfen! Kein Mann, keine Kinder hielten mich zurück! Wenn ich sterbe, dann habe ich gelebt, Oskar! Durch dich gelebt! Das danke ich d i r , daß ich mich erkannt habe! Das danke ich d i r , Oskar!

GERARDO. Helene höre mich ruhig an ...

HELENE. Ja, ja noch zehn Minuten ...

GERARDO. Höre mich ruhig an ...

Beide auf dem Diwan.

HELENE *ihn anstarrend.* Das danke ich dir ...

GERARDO. Helene

HELENE. Ich will ja gar nicht von dir geliebt sein! Nur dieselbe Luft mit dir atmen ...!

GERARDO *nach Fassung ringend.* Helene auf einen Mann wie mich lassen sich keine bürgerlichen Begriffe anwenden. Ich habe in allen Ländern Europas Frauen aus der Gesellschaft gekannt. Man hat mir Abschiedsszenen gemacht aber man wußte schließlich, was man seiner Stellung schuldet. Einem Gefühlsausbruch wie bei dir stehe ich heute zum erstenmal in meinem Leben gegenüber. Helene an mich tritt täglich die Versuchung heran, mich mit dieser oder jener Frau in ein i d y l l i s c h e s A r k a d i e n zurückzuziehen. Aber der Mensch hat seine P f l i c h t e n ; du hast deine Pflichten geradesogut wie ich meine Pflichten habe; und die Pflicht ist das höchste Gebot ...

HELENE. Das muß ich jetzt wohl besser wissen, Oskar, was das höchste Gebot ist!

GERARDO. Was denn? Vielleicht gar deine Liebe zu mir?? Das sagt jede! Was eine Frau durchsetzen will, nennt sie g u t , und wer sich ihr nicht fügt, ist ein schlechter Mensch. Das kommt von den Komödienschreibern. Um volle Häuser zu haben, stellen sie die Welt auf den Kopf und nennen es großherzig, wenn eine Frau Kinder und Familie ins Verderben stürzt, um ihrem Sinnengenuß nachzulaufen. Ich lebe auch gern wie die Turteltauben. Aber seit ich auf der Welt bin, habe ich erst meiner Pflicht gehorcht. Wenn sich dann Gelegenheit bot, habe ich allerdings in vollen Zügen genossen. Aber wer seiner Pflicht nicht nachkommt, ist nicht berechtigt, auch nur die g e r i n g s t e n A n f o r d e r u n g e n an andere Menschen zu stellen.

HELENE *abgewandt traumhaft.* Das gibt keinem Toten das Leben wieder ...

GERARDO *nervös.* Helene, ich will dir ja dein Leben zurückgeben! Ich will dir ja wiedergeben, was du mir geopfert hast! Nimm es doch nur um Gottes willen! Zum Teufel nochmal, soviel ist es doch nicht! Helene, wie kann sich eine Frau so schmachvoll e r n i e d r i g e n ! Wo ist dein Selbstgefühl! Mit welcher Verachtung hättest du mich in meine Schranken zurückgewiesen, wenn ich mich in dich v e r l i e b t hätte, wenn ich hätte eifersüchtig sein wollen! Was bin ich in den Augen deiner Gesellschaft! Ein Mensch, der sich allabendlich zum H a n s w u r s t macht! Helene, willst du dich für einen Mann hinschlachten, den hundert Frauen vor dir geliebt haben, den hundert Frauen nach dir lieben werden, ohne sich eine Sekunde in ihrer Behaglichkeit stören zu lassen! Soll dich dein warm vergossenes Blut vor Gott und der Welt l ä c h e r l i c h machen?

HELENE *abgewandt.* Ich weiß sehr wohl, daß ich Ungeheures von dir verlange, aber was soll ich anderes tun ...

GERARDO *beruhigend.* Ich habe dir gegeben, Helene, was ich zu geben habe. Mehr als ich dir war, kann ich keiner Prinzessin sein. Ich könnte dich höchstens noch todunglücklich machen. Gib mich jetzt frei! Ich verstehe ja, wie schwer es dich ankommt, aber man fürchtet oft, sterben zu müssen. Ich zittere auch oft für mein Leben reizbar, wie man als Künstler durch seinen Beruf wird! Man glaubt gar nicht, wie rasch man darüber wegkommt. Finde dich doch damit ab, Helene, daß unser Leben Z u f a l l ist. Wir haben uns ja nicht gesucht, weil wir uns liebten; wir haben uns geliebt, weil wir uns fanden! Wir haben einander nicht einmal nach dem Vornamen gefragt. *Die Achseln zuckend.* Ich soll die Folgen meiner Handlungen tragen, Helene? Wolltest du es mir im Ernste verdenken, daß ich dich nicht a b w e i s e n ließ, als du unter dem Vorwand hierherkamst, deine Stimme von mir prüfen zu lassen? Dafür schätzest du deine Vorzüge doch wohl zu hoch; dazu kennst du dich zu gut; dazu bist du zu stolz auf deine Schönheit. Warst du dir denn deines Sieges nicht vollkommen gewiß, als du hereinkamst?

HELENE *abgewandt.* Was war ich vor acht Tagen! Und was was bin ich jetzt!

GERARDO *sehr sachlich.* Helene, leg dir selber die F r a g e vor: Welche Wahl bleibt einem Manne in einem solchen Falle. Du giltst allgemein als die s c h ö n s t e Frau der Stadt. Soll ich mir nun als Künstler den Ruf eines Bärenhäuters zuziehen, der sich in seinen vier Wänden vor jedem Damenbesuch abschließt? Die z w e i t e Eventualität ist die, daß ich dich empfange und mich so stelle, als v e r s t ä n d e ich nicht, was du von mir willst. Dadurch bringe ich m i c h, ohne es im geringsten zu verdienen, in den Ruf eines D u m m k o p f e s. Dritte Eventualität: Aber das ist ä u ß e r s t gefährlich! ich erkläre dir gleich bei deinem ersten Besuch in ruhiger, höflicher Weise dasselbe, was ich dir jetzt sage. Das ist aber s e h r gefährlich! Denn ganz davon abgesehen, daß du mir sofort in beleidigendem Ton entgegnest, ich sei ein eitler, eingebildeter Tropf, kann es mich, wenn es bekannt wird, in g a n z k u r i o s e m L i c h t e erscheinen lassen. Und was ist die Folge im besten Fall, wenn ich die mir dargebotene Ehre zurückweise? Daß ich in deinen Händen zum verächtlichen, ohnmächtigen Spielball werde, zur Zielscheibe deines weiblichen Witzes, zum Popanz, den du, solange es dir gefällt, u n g e s t r a f t necken, verhöhnen, bis zum Wahnsinn reizen und auf die Folter spannen wirst. Sag mir selber, Helene: Was blieb mir zu tun übrig?

HELENE *starrt ihn an, wendet hilfeflehend die Augen umher, schaudert und ringt nach Worten.*

GERARDO. Ich habe in solchem Falle nur e i n e Wahl: mir eine Feindin zu schaffen die mich v e r a c h t e t, oder mir eine Feindin zu schaffen, die wenigstens R e s p e k t vor mir hat. Und *Ihr das Haar streichelnd.* Helene! von einer so allgemein anerkannt schönen Frau, wie du es bist, läßt man sich nicht verachten. Kann sich dein Stolz auch jetzt noch zu der Bitte verstehen, ich möge dich mitnehmen?

HELENE *Ströme von Tränen vergießend.* O Gott, o Gott, o Gott, o Gott, o Gott ...

GERARDO. Deine gesellschaftliche Stellung gab dir die Möglichkeit, mich zu p r o v o z i e r e n. Du hast davon Gebrauch gemacht. Ich kann dir das natürlich am wenigsten verdenken. Aber verdenke es m i r nicht, wenn ich meine Rechte gewahrt wissen möchte. Kein Mann kann a u f r i c h t i g e r gegen eine Frau sein, als ich gegen dich war: Ich habe dir gesagt, daß von Gefühlen zwischen uns nicht die Rede sein kann. Ich habe dir gesagt, daß mein Beruf mich hindert, mich zu binden. Ich habe dir gesagt, daß mein Gastspiel heute zu Ende ist ...

HELENE *sich erhebend.* Mir dröhnt der Kopf! Ich höre Worte, Worte, Worte, Worte! Aber *Sich an Herz und Kehle fassend.* mich würgt es hier und mich würgt es hier! Oskar es steht schlimmer, als du denkst! Ein Weib wie ich mehr oder weniger ich habe meine Pflicht getan, ich habe zwei Kindern das Leben geschenkt. Was würdest du sagen ... was würdest du sagen, Oskar, wenn ich morgen hingehe und einen und einen andern ebenso glücklich sein lasse, wie du es bei mir warst! Was würdest du dazu sagen, Oskar! Sprich!! Sprich ...

GERARDO. Nichts. *Nach der Uhr sehend.* Helene ...

HELENE. Oskar!! *Auf den Knien.* L e b e n erflehe ich von dir! Leben! Das letztemal, daß ich dich darum bitte! Verlang, was du willst! Nur das nicht! Nur nicht s t e r b e n! Du weißt nicht, was du tust! Du bist von Sinnen! Du bist deiner nicht mächtig! Das l e t z t e m a l! Du verabscheust mich, weil ich dich liebe! Laß die Zeit nicht vergehen! Rette mich! Rette mich!

GERARDO *zieht sie mit Gewalt empor.* Hör auf ein liebes Wort! Hör auf ein ein liebes Wort ...

HELENE *für sich.* Sei's denn!

GERARDO. Helene wie alt sind deine Kinder?

HELENE. Das eine sechs und das andere vier Jahre alt.

GERARDO. Beides Mädchen?

HELENE. Nein.

GERARDO. Das vierjährige ein Knabe?

HELENE. Ja.

GERARDO. Das sechsjährige ein Mädchen?

HELENE. Nein.

GERARDO. Beides Knaben??

HELENE. Ja.

GERARDO. Hast du denn kein Mitleid mit ihnen?

HELENE. Nein.

GERARDO. Wie glücklich wäre ich, wenn sie mir gehörten! Helene willst du sie mir überlassen?

HELENE. Ja.

GERARDO *halb scherzhaft.* Wenn ich nun ebenso anspruchsvoll wäre wie du mir in den Kopf setzte: Ich liebe die und die bestimmte Frau und kann keine andere lieben! Heiraten kann ich sie nicht. Mitnehmen kann ich sie nicht. Reisen muß ich. Was wollte ich denn dann mit mir anfangen?

HELENE *von jetzt an immer ruhiger.* Ja, ja. Gewiß. Ich verstehe dich.

GERARDO. Sei überzeugt, Helene, es gibt noch eine U n m e n g e Männer wie ich auf dieser Welt. Ich bin gar kein solches Prachtexemplar von Mann!! Laß dir unsere Begegnung eine W e i s u n g sein. Du sagst, du kannst ohne mich nicht leben. Wie viele Männer k e n n s t du denn? Je m e h r du kennenlernst, um so tiefer sinken sie im Wert. Dann nimmst du dir keines Mannes wegen mehr das Leben. Du schätzest sie nicht höher, als ich die Frauen.

HELENE. Du hältst mich für d e i n e s g l e i c h e n . Das bin ich nicht.

GERARDO. Ich spreche in vollem Ernst, Helene. Keiner von uns liebt diesen oder jenen bestimmten Menschen außer den Dummköpfen, die nur einen kennen. Jeder liebt seine A r t , die er überall wiederfindet, sobald er einmal Bescheid weiß.

HELENE. Und wenn man seine Art antrifft, dann ist man auch immer sicher, wiedergeliebt zu werden?

GERARDO. Du hast kein Recht, Helene, dich über deinen Gatten zu beklagen! Warum k a n n t e s t du dich nicht besser! Jedes junge Mädchen hat seine f r e i e Wahl. Keine Macht der Erde kann ein Mädchen zwingen, einem Manne zu gehören, der ihr nicht gefällt. Es gibt keine Vergewaltigung an Frauen. Das ist ein Unsinn, den nur diejenigen Frauen der Welt einreden wollen, die sich für den oder jenen materiellen Gewinn v e r k a u f t haben und sich nachher gern ihren Verpflichtungen entziehen möchten.

HELENE *lächelnd.* Sie werden kontraktbrüchig?

GERARDO *sich in die Brust werfend.* Wenn i c h mich verkaufe, dann hat man es wenigstens mit einem ehrlichen Menschen zu tun!

HELENE *lächelnd.* Wer l i e b t , der ist nicht ehrlich?

GERARDO. Nein! Die L i e b e ist eine verdammt bürgerliche Tugend! Geliebt sein will der B a u e r , der sein Weib mit dem Ochsen zusammen vor den Pflug spannt. Die Liebe ist eine Zufluchtsstätte für Ofenhocker und Feiglinge! In der g r o ß e n W e l t , in der ich lebe, hat jeder Mensch seinen anerkannten reellen Wert. Wenn sich zwei zusammentun, dann wissen sie ganz genau, w i e v i e l sie voneinander zu halten haben. Brauchen keine L i e b e dazu!

HELENE *noch einmal sanft bittend.* Willst du mich in deine große Welt denn nicht einführen?

GERARDO. Helene willst du dein ganzes Lebensglück und das Glück der Deinigen für einen flüchtigen Genuß hingeben?!

HELENE. Nein.

GERARDO. V e r s p r i c h s t d u m i r , daß du jetzt ruhig zu den Deinen zurückkehren willst?

HELENE. Ja.

GERARDO. Daß du nicht sterben wirst auch nicht, wie man an einer Krankheit stirbt?

HELENE. Ja.

GERARDO. Versprichst du mir das?

HELENE. Ja.

GERARDO. Daß du deinen Pflichten als Mutter und als Gattin genügen wirst?

HELENE. Ja.

GERARDO. Helene!

HELENE. Ja. Was willst du mehr! Ich verspreche es dir.

GERARDO. Daß ich ruhig reisen kann?

HELENE *sich erhebend.* Ja.

GERARDO. Noch einen Kuß?

HELENE. Ja ja ja ja ja.

GERARDO *nachdem er sie weitläufig abgeküßt.* Übers Jahr, Helene, singe ich hier wieder.

HELENE. Übers Jahr! Wie ich mich darauf freue!

GERARDO *gefühlvoll.* Helene!

HELENE *drückt ihm die Hand, nimmt ihren Muff vom Sessel, zieht einen Revolver heraus, knallt ihn sich vor den Kopf und bricht zusammen.*

GERARDO. Helene! *Wankt nach vorn, wankt nach rückwärts und sinkt in einen Sessel.* Helene!

Pause.

Zehnter Auftritt

Die Vorigen. Der Liftjunge. Der Hotelwirt Müller. Der Hoteldiener.

DER LIFTJUNGE *eintretend, sieht auf Gerardo und Helene.* Herr Herr Kammersänger!

Gerardo rührt sich nicht.

Der Liftjunge tritt an Helene heran.

GERARDO *springt auf, rennt zur Tür und platzt auf Hotelwirt Müller. Ihn nach vorn ziehend.* Schicken Sie auf die Polizei! Ich muß verhaftet werden! Wenn ich abreise, bin ich ein Unmensch, und wenn ich hierbleibe, bin ich ruiniert, bin ich kontraktbrüchig! Ich habe noch *Auf die Uhr sehend.* eine Minute und zehn Sekunden. Rasch. Ich muß vorher verhaftet sein!

MÜLLER. Fritz, den nächsten Schutzmann!

DER LIFTJUNGE. Jawohl, Herr Müller!

MÜLLER. Lauf, was du kannst!

DER LIFTJUNGE *ab.*

MÜLLER *zu Gerardo.* Beunruhigen Sie sich nicht, Herr Kammersänger. So was kommt öfters bei uns vor.

GERARDO *kniet neben Helene nieder, ergreift ihre Hand.* Helene! Sie lebt noch! Sie lebt noch! *Zu Müller.* Wenn ich verhaftet bin, gilt es als Force majeure! Und meine Koffer?! Steht der Wagen unten?

MÜLLER. Seit zwanzig Minuten, Herr Kammersänger!

Geht an die Tür und läßt den Hoteldiener herein, der einen Koffer hinunterträgt.

GERARDO *über Helene gebeugt.* Helene! *Für sich.* Schaden kann es mir nicht! *Zu Müller.* Haben Sie denn keinen Arzt rufen lassen?

MÜLLER. Der Doktor ist sofort antelefoniert worden. Wird wohl gleich hier sein.

GERARDO *Helene unter die Arme fassend und halb aufrichtend.* Helene! Kennst du mich denn nicht mehr, Helene! Der Arzt wird ja im Augenblick hier sein! Dein Oskar, Helene! Helene!!

DER LIFTJUNGE *in der offengebliebenen Mitteltür.* Nirgends ein Schutzmann zu finden.

GERARDO *alles vergessend, springt auf, indem er Helene auf den Teppich zurückfallen läßt.* Ich muß morgen abend in Brüssel den »Tristan« singen! *An verschiedene Möbelstücke anrennend, durch die Mitte ab.*